Théodora

OU

LA FAMILLE CHRÉTIENNE,

PAR

Camille Paganel.

PARIS,
CHEZ LADVOCAT, LIBRAIRE,
PALAIS-ROYAL, GALERIES DE BOIS.

1825.

THÉODORA,

OU

LA FAMILLE CHRÉTIENNE.

Imprimerie DE MARCHAND DU BREUIL,
Rue de la Harpe, n. 80.

Théodora

OU

LA FAMILLE CHRÉTIENNE;

Par Camille Paganel.

À Paris,

CHEZ LADVOCAT, LIBRAIRE,

PALAIS-ROYAL, GALERIES DE BOIS.

1825.

Avertissement.

Une action qui se passe au milieu des forêts et des marécages que le superbe Paris remplace, m'a paru devoir offrir aujourd'hui quelque intérêt.

Environné des ténèbres répandues sur cette époque reculée, et souvent contraint de choisir entre des récits contradictoires, j'ai tâché, avant tout, d'éviter des anachronismes que rendent trop faciles ces contradictions mêmes.

Ainsi, en attribuant à Néron la

première persécution contre les chrétiens, je ne l'ai point calomnié : je lui rends justice. On trouve dans Tacite (1) des détails qui ne laissent aucun doute à ce sujet.

« A leur supplice on ajoutait la dérision ; on les enveloppait de peaux de bêtes, pour les faire dévorer par des chiens ; on les attachait en croix, ou l'on enduisait leurs corps de résine, et l'on s'en servait la nuit comme de flambeaux pour s'éclairer. » (*Traduct. de Dur. de Lam.*)

---

(1) .... *Et pereuntibus addita ludibria, ut, ferarum tergis contecti, laniatû canum interirent, aut crucibus affixi, aut flammandi, utque, ubi defecisset dies, in usum nocturni luminis urerentur. Ann.* lib. XV.

C'est ainsi que Néron les punissait de son incendie de Rome.

On reconnaît là tout le savoir faire d'un monstre.

Le témoignage des historiens (1) m'autorisait aussi à montrer les Gaules, ou du moins une partie des Gaules, sous les armes comme aux jours de leur gloire. N'est-ce pas en effet un fils de l'Aquitaine, l'intrépide Julius Vindex, qui bientôt devait faire trembler le maître du monde (2)?

---

(1) Singulière concordance! Un empereur romain brûla Rome, le jour même où les Gaulois l'avaient brûlée, le 19 juillet.

(2) Voy. Tacit. liv. XVI des *Annal.*, Suét.

Néron apprit cette révolte le jour même où il tua sa mère : ce fut son premier châtiment.

Il est vrai que Vindex, dont Tacite nous a transmis un si beau portrait, périt sans avoir consommé son entreprise. Mais l'impulsion était donnée, et c'est réellement à lui, c'est à un Gaulois que Rome dut le bonheur de n'avoir plus Néron.

Vers la même époque, de violentes commotions éclatèrent dans la Grande-Bretagne (1), où plusieurs nations s'étaient engagées par une

---

vie de Néron, et Lenain de Tillemont, *Hist. des Emper.*, etc., etc.

(1) *Annal.* liv. XIV.

ligue secrète à recouvrer leur indépendance.

De son côté, Galba soulevait l'Espagne.

Les Druides (1) encouragèrent puissamment l'élan patriotique de ces peuples non façonnés aujoug; mais ce n'était point la patrie qui les inspirait. Uniques dépositaires des connaissances acquises, ils redoutaient toute innovation politique ou religieuse, et dans les Gaules surtout, le Christianisme eût en eux d'implacables ennemis.

Tibère les avait menacés d'une ruine totale : en défendant l'in-

(1) Leur principal collége se tenait dans une forêt, sur les confins du pays Chartrain.

dépendance nationale, ils défendaient donc leurs propres priviléges ; et telle fut la souplesse et l'énergie de leur résistance, qu'aux sixième et septième siècles, si l'on en croit certains auteurs, il restait encore quelques vestiges du Druidisme.

J'ai tâché de réunir dans un seul personnage, les traits caractéristiques de cette caste ambitieuse, qui avait tout envahi dans l'État.

Près du farouche Tatius, on voit Hildéric, issu du sang royal. Brave, sensible, généreux, il annonce sous l'habit gaulois, ce que devait être plus tard, le caractère français.

Quant à cette grande régénération morale, qui anéantit l'esclavage, qui rendit à l'homme toute la dignité de sa raison, tout l'éclat de sa noble origine, toutes les consolations de son avenir, puisse Probus en reproduire une idée! Ce vieux Romain, nourrissant au fond de son cœur, en un temps de servitude, le saint amour de la liberté, embrasse avec enthousiasme une religion qui lui enseigne à être libre, humain, et tolérant.

Théodora

OU

LA FAMILLE CHRETIENNE.

Déja les premiers rayons du jour doraient les murs rougeâtres de Lutèce (1); la cité gauloise se montrait, peu à peu, à travers les vapeurs des marécages qui l'environnent; rien ne troublait le silence des campagnes; nulle barque n'apparaissait sur le fleuve, et ce n'était encore que

(1) Ou Lucotèce.

le premier réveil de la nature. Une jeune druidesse devançant le jour, a quitté sa paisible demeure; ses longs cheveux d'ébène flottent en désordre sur ses blanches épaules; tout annonce en elle une douleur profonde; mais l'abattement de ses traits n'en a point effacé la douce majesté; et l'on dirait la pâle déesse des ténèbres, se dérobant aux rayons de l'Aurore.

« Jusques à quand, ô ma chère Théodora, lui dit Larisse, sa compagne, son amie fidelle, nourriras-tu cette douleur profonde? Prêtresse de nos dieux , invoque leur toute puissance : mon père m'a souvent répété qu'on ne les implore pas en vain.

— « J'ai trop long-temps fatigué les dieux de mes prières, répond la prêtresse.... Ils restent sourds à ma voix... Souvent au sein de la nuit obscure, je m'approchai du fleuve (1) en suppliante ; tantôt, je plongeais

---

(1) L'apothéose des fleuves et des lacs était très-ancienne chez les Celtes. Ce qui le prouve, c'est le fameux or que les Tectosages, au retour de l'expédition de Delphes, jetèrent dans un lac de Toulouse, pour expier leur sacrilége.

dans ses eaux paisibles la blanche toison d'une brebis, ou des pains de cire odorante; tantôt, je faisais glisser sur l'onde, légèrement effleurée, de petites meules d'or ou d'argent sans alliage (1) : inutiles offrandes! je n'ai plus qu'à mourir... Hélas! que deviendrais-je sans toi, sans la tendre amitié? Ignorant ma famille, je m'ignore moi-même. Née sous le beau ciel de l'Italie, prison-

(1) Même à la fin de la première race, on attribuait encore à quelques druidesses un pouvoir surnaturel.

nière, dès le berceau, j'ai suivi dans ces lieux la fortune de mes vaillans ravisseurs. Hildéric, le généreux Hildéric, eut pitié de l'orpheline : élevée dans le collége des druidesses, ton affection m'a tenu lieu de patrie, de parens... Je goutais le repos... Mais Léonce a paru ».. Ici Théodora pâlit, et des larmes brûlantes s'échappèrent de ses yeux.

« Rentrons, dit Larisse, le repos est sous nos ombrages sacrés ».

Elle dit; et, soutenant son amie chancelante, elle dirige ses pas vers le séjour des druidesses;

cet antique édifice avait bravé les siècles : Jules César (1) y passa deux hivers, et les proconsuls romains l'avaient choisi pour résidence. Mais depuis que Lutèce était retombée au pouvoir des Gaulois insurgés, les interprètes du ciel l'habitaient de nouveau (2). Malheur au mortel

---

(1) Le siége de Lutèce par Labiénus, lieutenant de César, eut lieu l'an de Rome 701, cinquante-deux ans avant J.-C.

(2) Contre l'ancien usage des druides qui n'habitaient que des grottes dans l'intérieur de leurs forêts : peut-être n'avaient-ils choisi cette enceinte, assez éloignée des rives du fleuve, que pour se mettre à l'abri d'une surprise de la part des Romains.

qui ose approcher de ces murs terribles ! la voix d'une épouse chérie ne charmera plus son oreille ; il ne sentira plus les innocentes caresses de ses jeunes enfans : l'infortuné est d'avance rayé du nombre des vivans.

Cependant deux spectacles bien opposés se présentent : sur la rive gauche de la Seine, flotte l'étendart romain, trois légions occupent un vaste camp : c'est là que le préteur Antistius, vaincu naguère par Hildéric, médite une éclatante vengeance. Un calme trompeur enveloppe ses desseins secrets ; devant la tente du général, sur la place d'armes du camp, l'aigle immobile attend le signal du combat : assis à l'ombre des tentes, le centurion, blanchi sous les armes, raconte à ses jeunes compagnons, ses exploits, ses fatigues, ses dangers ; à de courtes distances, le long des lignes romaines, la sentinelle attentive se promène en silence.

Mais dans Lutèce tout s'agite ; la voix du superbe Tatius appelle le peuple et les guerriers aux autels (1) de Teutatès : c'est là,

(1) Ces autels étaient d'énormes pierres

c'est dans ce jour révéré des Gaulois, le sixième jour de la lune (1), que le chef des druides

---

presque toujours carrées, et creuses d'en haut, en forme de bassin, pour recevoir le sang des victimes.

Voyez don Martin, *de la Religion des Gaulois*, t. I.

(1) Dans leur langue, ce jour avait un nom dont le sens était : *qui guérit de tous les maux.* En général, pourtant c'était la nuit que les Gaulois célébraient leurs fêtes religieuses.

Voyez Lat.-d'Auv., *Orig. Gaul.*, chap. V. Leur année commençait au solstice d'hiver, la sixième nuit de la lune.

Moïse place toujours aussi la nuit la première : *du soir et du matin se fit le premier jour.* (Genèse.)

détache du chêne le Gui sacré, et que le chef des Gaulois, ses guerriers et le peuple, renouvellent l'antique serment d'extermination. Qu'il tremble l'imprudent dont la haine hésiterait! Son sang, répandu par Tatius, apaiserait à peine l'indignation des hommes, et le courroux des dieux protecteurs de la Gaule; serment terrible qui arma Vercingentorix, contre Jules César, qui, plus tard, dans les forêts de

---

Sans doute le voisinage de l'ennemi, fit aussi déroger Tatius à cette ancienne coutume.

la Germanie, avait fait d'Arminius un héros.

Déjà le silencieux cortége est en marche; monté sur un char d'ébène, que traînent quatre taureaux noirs à peine domptés, Hildéric traverse lentement les flots d'une multitude qui le chérit; les anneaux d'or de sa longue chevelure, ombragent ses épaules; son attitude a quelque chose de fier, mais c'est la fierté d'un héros; l'énorme framée dort à ses pieds. Près de lui à la tête de ses druides, s'avance le farouche Tatius, enveloppé d'une longue robe blanche, dont les raies de pourpre, en descendant vers la terre, deviennent de plus en plus étroites; un rameau de chêne entoure son front altier; le sécespita (1) pend à sa ceinture; de ses yeux semblent jaillir des éclairs; toute sa contenance imprime la terreur; la foule tremblante s'incline : tel le dieu du carnage, l'impitoyable

(1) Couteau sacré. Cet instrument était semblable à un poignard. Suétone rapporte (vie de Tibère) qu'un jour où ce tyran devait offrir un sacrifice avec Libon qu'il redoutait, il fit substituer au *sécespita* un couteau de plomb: *Pro secespitâ plumbeum cultrum subjiciendum curavit.*

Hœsus, marche aux combats, précédé de l'Epouvante, suivi de la Mort.

Bientôt paraît Théodora. O rassurant contraste! la douce mélancolie de ses regards, sa candeur virginale, tout, jusqu'à la tristesse répandue sur son pâle visage, intéresse, attendrit: l'effroi a disparu, tous les cœurs se réjouissent. A ses côtés, est la fille de Tatius; suit la troupe des druidesses. La magique (1) verveine orne leurs têtes; une fau-

(1) Les Gaulois se servaient de la verveine pour tirer les sorts.

cille d'or luit dans leurs mains; deux des plus jeunes portent l'*acerra*, vase de bronze grossièrement travaillé, où sont renfermés l'encens et les parfums. Viennent ensuite les Eubages, ministres subalternes; ce sont eux qui interrogent les entrailles des victimes (1), et lisent dans l'avenir. Enfin paraissent les Bardes (2) : une sainte inspiration

(1) Ils observaient aussi le vol et le chant des oiseaux. Les Gascons (*Vascones*) l'emportaient dans cette science sur tous les autres.

(2) Ils exerçaient une sorte de censure sur les particuliers. Le mot *Barde*, selon Festus,

les enflamme ; les harpes frémissent sous leurs doigts ; à travers ces chants religieux brille une ardeur guerrière, et la foule s'émeut à ces accens qui honorent les dieux, et flattent son courage.

Déjà Tatius est au pied du

---

signifie *chantre* en langue celtique. Quant à la nature de leurs chants. Voy. Strab., Diod., de Sic., Lucain, Amm. Marcell., etc.

Telle était la vénération qu'inspiraient les Bardes, que, si pendant une bataille, ils arrivaient dans le camp de l'une des deux armées, l'action cessait sur-le-champ. « Tant est puis-« sante sur l'esprit de ces barbares, dit « Diodore, l'autorité des muses et de la « sagesse. »

chêne séculaire, hôte vénéré qui depuis tant d'années, prête son ombre sainte aux mystères de la Gaule. Deux génisses blanches, récemment enlevées à leurs gras paturages, et dont les cornes superbes sentent le joug pour la première fois, s'approchent; un *sagum*, blanc comme elles, les couvre (1), et, tandis que la multitude tombe à genoux, Tatius debout sur l'attelage paisible, invoque les dieux, écarte avec respect le feuillage, et bien-

(1) Voyez Pline, Hist. nat., liv. 16, chapitre 44.

tôt le fruit précieux cède au tranchant de la faucille. Un religieux murmure se fait entendre au loin dans l'assemblée. Tatius se recueille un moment; et soudain d'une voix menaçante : « Druides, Hildéric, guerriers, peuple, s'écrie-t-il, l'heure de la délivrance est venue : elles vont tomber ces chaînes, qui trop long-temps flétrirent nos bras. Le dieu des ténèbres, le mystérieux Thuiston (1), en-

---

(1) Thuiston fut primitivement adoré des Celtes. Quelques auteurs modernes prétendent que les Gaulois rapportaient leur origine à Thuiston; mais cette opinion semble hazar-

veloppe nos hardis projets de ses voiles tutélaires; et du fond de la Germanie, jusqu'aux rives de la Seine, jusqu'au sommet des Alpes, va flotter l'étendard de l'indépendance (1). Ah! le temps de la conquête n'est

---

dée. César (liv. VI des *Comment.*) dit qu'ils la rapportaient à Pluton, et que c'est pour cela qu'ils mesuraient le temps non par le nombre des jours, mais par celui des nuits.

Mais Pelloutier fait observer avec raison que César a confondu le *Dis* des Grecs et des Latins avec celui des Gaulois. Quant à l'opinion qu'il émet ici, elle lui semble du reste juste. (Voy. *l'Hist. des Celtes*, etc., etc.)

(1) Il semble que Tatius annonce les hardis projets de *Julius Vindex*.

pas tellement éloigné de nous, que toute énergie soit éteinte, et les Gaules effacées du rang des nations ! Plutôt mourir jusqu'au dernier, que d'accepter un tel joug ! Mais que dis-je ? Ces superbes Romains, déjà vous les avez vaincus ; cet orgueilleux Capitole, je l'ai vu de près, quand d'odieux tyrans me traînèrent aux bords du Tibre ; je l'ai vu sans frémir, et mon courage en a mesuré la hauteur ; les pas de notre grand Brennus (1), les pas de ses bra-

(1) Le mot *Brennus* n'était point un nom

ves y sont encore empreints. Qu'ils périssent nos cruels oppresseurs! suspendez, comme vos nobles pères le firent tant de fois, suspendez leurs têtes sanglantes aux crinières de vos coursiers (1). Vengeons le monde entier, vengeons nos dieux proscrits, leurs autels abattus, leurs

---

propre : il indiquait une dignité. « Ce nom, « dont la terminaison est latine, est dérivé du « celto-gallois *brennin*, qui, dans cette lan- « gue, veut dire un roi, un chef suprême. » Voyez la Tour-d'Auvergne, *Orig. Gaul.*, chap. III.

(1) Strabon dit que les anciens Gaulois attachaient un grand prix à ce genre de trophées.

saints ministres outragés. Néron vous épargnerait-il, lui qui s'énivre du sang romain! Non, non, ce tyran veut accomplir les décrets de Tibère, et il commence par vos prêtres, l'immolation de la patrie. Regarde peuple de Lutèce, cette colline, à la gauche du fleuve (1); c'est non loin de là qne tes vaillans aïeux furent égorgés par César. Regarde, tout près de ce champ

(1) Un passage des *Commentaires* donne à croire que c'est de Meudon qu'il s'agit ici.

César est le premier auteur qui ait parlé des Parisiens.

funeste, les débris épars du temple d'Isis (1); si tu oublies tes affronts et tes malheurs, compte ces Dolmins (2), qui

---

(1) Le collége des prêtres d'Isis était situé à Issy, et le temple, à l'endroit où s'élève aujourd'hui l'église de Saint-Germain-des-Prés. Isis présidait à la navigation, et de temps immémorial, Paris eut un vaisseau pour symbole. Selon quelques étymologistes, le mot *Parisiens* vient des deux mots grecs παρά et Ἴσιδος, proche d'Isis. Le savant Dulaure combat cette opinion : il croit même que la déesse Isis était inconnue aux Gaulois.

(2) *Rudes et informes saxorum compages,* dit Tacite.

Mirificæ moles, dit Cicéron.

élèvent leurs ruines couvertes de mousse, au pied du mont Leucotitius (1); là dorment tes ancêtres; vois leurs ombres errantes privées de sépulture, elles n'ont pu animer les corps d'autres héros; elles t'apparaissent, elles te présentent le glaive, en te montrant le camp romain. Et toi, notre maître commun, puissant Dis, dieu de la Gaule; et toi, maître du tonnerre, redoutable Taranis (2), et toi, terrible Hæsus; et vous tous,

(1) Ou Locutitius, aujourd'hui la montagne Sainte-Geneviève.

(2) Plusieurs auteurs ont cru que Taranis

dieux tutélaires, dont j'annonçai tant de fois la volonté suprême, abaissez vos regards vers ce peuple fidèle; oui, je le jure, en son nom, le sang du premier Romain qui tombera en mon pouvoir, arrosera les racines du chêne (1). Puisse cette offrande

---

était *le mauvais génie* des Gaulois, et Thuiston *le bon*.

(1) Les Gaulois réservaient les victimes humaines pour être immolées devant cet arbre. Voy. Dom. Martin, *de la Relig. des Gaul.*, tom. 1, pag. 135.

Sous Tibère, ces sacrifices atroces furent presque entièrement abolis. Voy. Plin., *Hist. nat.*, liv. XXX. C'est à cela que Tatius fait allusion.

agréable vous armer en notre faveur ! Écoutez le serment si doux à votre oreille, le cri de la vieille patrie, le cri de la victoire : *Haine, mort aux Romains* ! Il dit; et le peuple et l'écho de la forêt ont répété le serment terrible.

La seule Théodora garde le silence ; elle frémit, une sombre horreur agite ses traits ; un moment elle semble égarée.

« Que vois-je ! s'écrie le druide ; c'est une prêtresse qui hésite ! accorderait-elle à nos tyrans un intérêt coupable ? mais non, je m'abuse : répondez, Théodora. »

Cependant le peuple s'agite en sens divers : les uns attendent, avec une froide curiosité, la fin de ce débat imprévu ; d'autres semblent partager déjà le courroux du grand-prêtre ; le plus grand nombre, ému de compassion, mais glacé de frayeur, sent naître une pitié qu'il étouffe aussitôt.

Surmontant le trouble qui l'oppresse, « Pourrais-je oublier, dit la vierge tremblante, que je suis née chez ce peuple, objet de vos imprécations ! Me condamnerez-vous à des vœux parricides ? » Puis se tournant vers Hildéric : « O prince généreux ! soutien de mon enfance ! abandonneras-tu l'orpheline ? Quand ton audace mit en fuite trois légions romaines, quand tes guerriers, poursuivant jusque dans les murs de Lugdunum, le cruel proconsul qui désolait la Gaule, m'enlevèrent à l'amour de ma famille, tu me pris en pitié, tu me plaças sous la garde des dieux, de ces dieux terribles que je sers..... Hildéric, abandonneras-tu l'orpheline ? »

Tatius allait reprendre, quand le fils des rois, agitant sa framée, lui imposa silence. « Epargnons, dit-il au druide, épargnons à cette infortunée une épreuve trop cruelle; adoptée parmi nous, elle observe nos lois, elle honore nos dieux, n'exigeons rien de plus. Et qu'importe la voix d'une femme à notre sainte cause? c'est du fer, ce sont des guerriers qu'il nous faut. Enfans de la Gaule, le cri de guerre a retenti, la patrie vous appelle, que vos armes, que vos coursiers soient prêts. »

La cérémonie était achevée : Hildéric, ses guerriers, le peuple regagnaient Lutèce. Déjà Théodora, se traînant avec peine, dépassait les dernières bruyères de la forêt ; tout à coup, le feuillage d'un buisson s'agite, une voix en est sortie, qui prononce, avec reproche et amertume, ces mots : « Chère Théodora ! haine, mort aux Romains ! » Ciel ! s'écrie la prêtresse, en portant ses regards de ce côté ; et elle tombe dans les bras de Larisse. Au même instant, un Gaulois s'enfonce dans la forêt.

Larisse avait reconnu Léonce, et frémissant aussitôt du péril qui menace son amie, elle l'entraîne vers le temple. Arrivée dans l'enceinte sacrée, elle lui prodigue les soins les plus touchans.

Cependant Léonce a suivi de loin la foule ; il sait les innombrables détours de la forêt, et ses recherches appellent de tous côtés Théodora. Son mâle visage annonce la douleur, mais une douleur sans abattement. A la beauté de ses traits, à l'élégante hauteur de sa taille, à cette noire chevelure qui orne son front, à cette démarche noble et grave, on dirait Castor ou son frère Pollux ; mais le fer qui brille sous le sagum du jeune étranger, annonce qu'il est mortel et soumis à des périls.

Léonce errait depuis long-temps autour du temple; encore quelques heures, et la nuit en dérobera les murs à son avide curiosité Tout à coup Larisse paraît.

« Quoi! seule! » s'écrie Léonce. « Oui, seule, » dit la jeune Gauloise à voix basse et en l'interrompant. « Quelle imprudence a pu conduire ici vos pas? Et vous savez qu'une mort certaine, affreuse, attend tout Romain qui paraîtrait dans ces lieux. Ah! domptez le sentiment qui vous entraîne : fuyez, fuyez promptement. »

« Moi ! fuir ! fuir sans voir Théodora ! non, non ; plutôt mourir mille fois ; un motif plus puissant, plus sacré que l'amour, m'a guidé dans ces lieux... Si Théodora vous est chère, que je la voie : unissez auprès d'elle vos instances aux miennes. »

« J'ignore, dit Larisse, quels puissans motifs vous pressent ; mais ce que je ne sais que trop, c'est le danger qui vous menace, qui menace celle que vous aimez : Léonce, ne vous aveuglez pas... »

« Si Théodora vous est chère,

répéta Léonce d'un ton austère, je la verrai, vous-même accompagnerez ses pas. » Larisse ne répondit que par un soupir....... ; tous ses efforts ayant échoué, elle promit de venir au même lieu, le lendemain porter la réponse de son amie.

Ce jour désiré se leva. Léonce avait passé la nuit dans une caverne antique, où déjà il s'était une fois réfugié, lorsque, prisonnier des Gaulois, la main d'une femme eut brisé ses fers. Le sommeil n'a point fermé sa paupière, mille pensées douloureuses ont agité son âme ; mais ses longues souffrances sont oubliées : le premier rayon de lumière qui vient dorer le feuillage, lui montre dans le lointain l'objet de son amour : il précipite sa course, il est à ses pieds, il presse cette main chérie sur son cœur...; il veut parler..., sa langue demeure immobile, tant la pâleur, tant l'abattement de son amie l'ont frappé...

Théodora devine sa pensée, et, s'efforçant de sourire : « Léonce, dit-elle, cher Léonce, je suis mieux ; les dieux ont pitié de moi, oui, je suis heureuse, je te revois! »

« O mon amie, s'écrie Léonce, ô ma Théodora ! n'accuse pas ma tendresse, si deux années d'absence se sont écoulées : que de contrées parcourues ! que de tourmens soufferts! Depuis quatre jours seulement ma légion est campée sur les bords de la Seine ; ah ! Lutèce doit trembler ! nos soldats, altérés de vengeance, brûlent d'ensevelir sous ses débris la mémoire de leur défaite ; juge par là de mes angoisses. Si près de toi !... le monde entier semblait entre nous ; vains obstacles !

Affligé sur la terre, je demande au ciel des consolations, il m'inspire, il me guide. Protégé par une nuit épaisse, j'abandonne le camp pour quelques heures (je le pouvais sans honte, car rien n'annonce un prochain combat) ; un ami fidèle, confident de toutes mes pensées m'accompagne au rivage; là, je quitte mon armure et mon casque ; un habit gaulois les remplace, je me sépare d'Ausonus, et me plonge dans le fleuve. Trois fois les sentinelles ennemies repoussèrent mes efforts. Je te l'avouerai, je craignais la mort, la mort sans t'avoir revue. Mais le ciel veillait sur moi : je touche à la rive, me glisse dans l'ombre, et salue enfin cette forêt silencieuse, témoin de nos premiers entretiens ; j'implore l'Éternel, il daigne m'entendre, je te retrouve, ma bien aimée !... Mais quoi, tu détournes les yeux, tu gémis!.. »

« Cher Léonce, dit la prêtresse, tu ne revois que l'ombre de Théodora ; ce cœur si fort pour t'aimer, n'a pu supporter ton absence. J'ai trop souffert...; bien des années de bonheur guériraient à peine ma blessure.... Jours affreux qui suivirent ton départ ! que de fois d'une main tremblante j'allumai le fanal du temple! triste appel d'amour ! il restait sans réponse. Poursuivie d'idées funèbres, de noirs pressentimens, je demandais en vain à nos dieux un calme salutaire.. »

« A tes dieux , Théodora ! Jamais le mien ne repousse la prière du malheur....... C'est lui , qui m'a ramené vers toi..., il t'appelle au pied de ses autels , il se révèle à tes regards. »

A ces mots , une joie céleste

éclairait le visage du guerrier.

« Que veux-tu dire, s'écrie Théodora ? de quel dieu me parles-tu ? »

« De ce dieu qui aime et pardonne; je suis Chrétien. »

« Qu'entends-je, c'est un danger nouveau. »

« C'est une gloire éternelle. Je les ai tous comptés, ces périls dont tu parles. La face du monde va changer enfin; de toutes parts les idoles s'écrouleront : le règne de la vérité commence. Théodora, que n'as-tu vu mon père, ce rigide Romain, digne de l'antique patrie, étonnant Rome par sa constance intrépide, après l'avoir si longtemps touchée par ses vertus! les bourreaux eux-mêmes pâlissaient devant son courage. C'est au récit de son généreux martyr, que j'abjurai mes erreurs. Qu'il est grand, le dieu des Chrétiens! ton cœur est digne de le comprendre. C'est ce dieu paternel qui t'inspirait, ô ma libératrice, ô mon amie, quand tu m'arrachas à la mort. Il t'a rendue à ma tendresse, il bénira notre sainte union. »

Théodora écoutait Léonce avec un étonnement mêlé de

douleur; ayant toujours nourri l'espoir de l'amener au culte qu'elle suivait, et d'adorer ensemble les mêmes divinités, elle ne voyait point sans effroi la nouvelle barrière qui semblait les séparer, un nouveau dieu entre elle et son Léonce. Néanmoins l'ascendant de cette voix chérie, la profonde conviction, le ton solennel du jeune Romain dominaient sa propre croyance, et exerçaient sur tout son être un empire jusqu'alors inconnu; inquiète, irrésolue, elle regardait tour à tour, et le ciel et Léonce, et son amie; soudain le bruit d'une marche rapide se fait entendre.

« Tout est perdu ! s'écrie Larisse, voici mon père. » Elle veut fuir, et entrainer Théodora : il est trop tard. A l'aspect d'un profane dans cette enceinte redoutée, Tatius a frémi : « Mortel, dit-il à Léonce, que fais-tu dans ces lieux? sais-tu qu'une mort terrible attend ton impiété? D'où te vient cette audace? »

« Et de quel droit m'interroges-tu? tyran imposteur, » répond Léonce, en portant sur Tatius un regard de mépris.

« Qu'entends-je ? Théodora ; vous, ma fille, parlez »...

Toutes deux se taisent, immobiles ; vainement Tatius menace, la terreur a glacé leurs esprits : « Fuyez, leur dit le druide, l'œil étincelant de rage, fuyez, ou j'appelle sur vos têtes la foudre de Taranis. Toi, Romain, demeure. »

Les deux vierges s'éloignent désolées. « Ma haine a reconnu ton accent, et l'insolence de tes discours achève de trahir ton secret. — Mon secret, répond Léonce, je brave la foudre de tes dieux, et le courroux de leur ministre; mais ta présence m'est odieuse, que veux-tu de moi? — T'immoler...; toutefois je saurai d'abord quel motif t'appelait en ces lieux... vil agent des Romains, viens-tu ébranler la fidélité de nos guerriers, la foi de nos prêtresses, le culte de nos pères? Les supplices t'arracheront la vérité. »

C'était l'heure où les druides se répandent dans la forêt : ils s'approchent de Tatius, qui les excite, les anime : « Entrainez ce sacrilége, leur dit il, dans les cachots du temple. Il est Romain! Voilà, oui, voilà la victime que demandaient les dieux, le sang que je leur ai promis, il coulera bientôt. » Chargé de liens cruels, mais dont il semble à peine sentir l'injure, Léonce suit les druides sans résistance; bientôt ils ont disparu dans l'épaisseur du bois, et Tatius, plein d'une joie féroce, porte ses pas vers Lutèce.

Cependant l'habile Antistius prépare tout pour le combat; afin de mieux tromper l'ennemi, il annonce que, dans trois jours, l'armée s'éloignera de Lutèce. L'encens fume sur les autels; de nombreuses victimes tombent sous le couteau des Flamines; les Augures, les Aruspices interrogent le ciel; quelques habitans des campagnes, séduits par l'or du général, ou trompés par les apprêts du départ, vont annoncer, dans la cité gauloise, le mouvement rétrograde de l'armée romaine.

Mais les ordres sont donnés: dès que la nuit enveloppera le camp, le fleuve et la ville, une troupe de guerriers armés à la légère, s'élancera dans la Seine, forcera les postes gaulois, et des feux allumés sur la rive, donneront au reste des légions le signal de l'attaque.

Le moment est venu : six cents vélites, protégés par d'épaisses ténèbres, sortent des lignes romaines ; dans leur main droite est une longue épée, dans la gauche, une javeline de trois pieds ; de légers boucliers (1), à forme ronde, protégent leur poitrine ; un casque (2) de cuir noir couvre leur tête. A peine le bruit sourd et uniformément cadencé de leurs pas se fait entendre ; ils arrivent

---

(1) On nommait ce bouclier *Parmà.*

(2) *Galeà.*

au fleuve, y descendent et le traversent, non loin de cette île où des cygnes éblouissans de blancheur viennent, au retour de chaque printemps, construire leurs nids et déposer leurs œufs.

Déjà le vaillant Antistius touche le rivage : une première sentinelle est tombée sous son javelot ; ses compagnons le suivent, et les signaux convenus brillent dans l'air. Au même instant des cris confus partent des postes ennemis : les Gaulois courent aux armes ; la lutte est engagée. La nuit augmente encore le tumulte : le Romain frappe le Romain, le

Gaulois tombe sous la framée gauloise.

Hildéric, l'intrépide Hildéric, à la tête de ses guerriers, s'élance, et la Mort avec lui; les cris des blessés, les plaintes lamentables des mourans, annoncent sa terrible présence. Déjà les défenseurs de Lutèce pliaient, mais la vue de leur noble chef les ranime: leur valeur se tourne en furie (1);

(1) Durant leurs longues relations avec les Romains, les Gaulois avaient sans doute amélioré la forme de leurs armes, dont, à la bataille de Télamon, ils sentirent le désavantage; leurs épées ne frappaient que de taille, tandis que celles des Romains taillaient et

à leur tour, les Romains, étonnés, fléchissent; ils reculent; le héros les poursuit jusqu'au fleuve. Dans cette lutte, ou plutôt dans cette déroute meurtrière, un seul guerrier voudrait modérer la rage des vainqueurs, et les exhorte à la pitié: vains efforts, la voix d'Hildéric est méconnue, le flot des combattans l'entraîne.

Un hastaire l'a constamment suivi; ce Romain a peu d'instans

---

perçaient. Voy. le chevalier Folard, *Comment. sur Polybe*, liv. II, chap. VI, et la *Traduct. de Polybe*, par Dom. Thuillier, liv. II, chap. VI. Voyez aussi l'excellent *Précis sur les Gaules*, par M. Berlier.

à vivre, car de profondes blessures sillonnent son corps ; mais l'espoir de la vengeance retient en lui un dernier souffle prêt à s'éteindre. Le prince gaulois arracha l'aigle confiée à sa valeur, et cet affront ne restera point impuni. Le moment favorable se présente enfin : recueillant le peu de forces qui lui restent, il ramasse le javelot d'un vélite qui n'est plus, le brandit, l'enfonce dans la poitrine d'Hildéric, expire en souriant et roule dans le fleuve.

A cette vue, les Gaulois s'arrêtent comme si le glaive échappait de leurs mains. Ils environnent le guerrier renversé sur son char, étanchent le sang qui coule de sa blessure, et remplissent l'air de cris lamentables. Hildéric ouvre les yeux et les referme soudain : une pâleur mortelle couvre son front; cependant il respire, Hœsus daignera peut-être le sauver. On le place sur un large bouclier que des piques soutiennent; les six plus braves combattans l'enlèvent, et le funèbre cortége rentre dans la ville, à travers des monceaux d'armes et de cadavres.

Est-il un plus touchant spectacle que la douleur d'un peuple pleurant un héros? La fatale nouvelle a troublé toutes les âmes : des sanglots, des gémissemens étouffent les chants de victoire; soldats, prêtres, vieillards, femmes, tous élèvent vers leurs dieux des voix suppliantes.

Tatius et ses druides arrivent au palais : c'est à leurs mains sacrées que le ciel confie l'art de guérir. Déjà l'un d'eux, vêtu de blanc, après avoir arrosé ses pieds d'une eau pure et fait aux dieux une offrande de farine et de vin, s'est enfoncé dans la forêt; ses regards empressés cherchent le Sélage salutaire; il le voit, s'incline avec respect, et portant vers le côté gauche sa main droite, qu'un pan de sa robe tient voilée, il cueille cet autre dictame. Tel est l'ordre du ciel: jamais le tranchant du fer ne doit blesser la plante révérée (1). Le précieux baume est placé dans un vase de pierre grise que la flamme réchauffe en pétillant; et bientôt un premier appareil est étendu sur la blessure d'Hildéric qui semble se ranimer; l'espoir brille dans tous les yeux.

Alors Tatius fait éloigner la

---

(1) Voy. Dom. Martin, p. 202.

foule. « Intrépide soutien de la patrie, dit-il, tes jours sont en danger! la main des dieux s'appesantit sur nous ! un sacrilége a provoqué leur colère ! » Ici le prince faisant un effort, prête au druide une oreille plus attentive. « Oui, reprend Tatius, un Romain s'est introduit dans la forêt! — Un Romain! — Déguisé sous l'habit d'un Gaulois, il n'a pas craint de franchir l'enceinte terrible où tu n'entres qu'avec effroi; je l'ai surpris empoisonnant de ses discours impies la grande druidesse. Ce n'est pas tout: si la hardiesse mystérieuse de son langage ne m'a point trompé, il est chrétien; il appartient à cette secte impie qui menace et la terre et le ciel. Cent fois plus redoutables que les adorateurs de Jupiter, ces fanatiques cherchent à ébranler, au profit d'un vil peuple, ta puissance et la mienne. Ou la sagesse de Teutatès n'éclaire plus mon âme, ou ce traître, étudiant la position de la ville, le nombre de tes guerriers et les rives du fleuve, a préparé l'attaque des Romains. »

Voyant le sein du guerrier battre avec violence et une forte émotion agiter ses traits, « Le perfide est en mon pouvoir, continue-t-il; livre-le à ma justice; que je venge, sur l'autel de nos dieux, leur culte et tes drapeaux. — Je veux le voir, dit Hildéric d'une voix presque éteinte; qu'on l'amène, je te l'abandonne ensuite. »

Tatius triomphe; les nuages qui chargeaient son front se dissipent: hâtant sa marche, il court chercher la victime.

Cependant, que fait la triste Théodora? mille peines déchirent cette âme passionnée. Séparée de Léonce, elle ignore son destin. Larisse, sa fidèle Larisse est loin d'elle ; un ordre barbare enchaîne ses pas. Vainement la druidesse implore la pitié de ses dieux, ils restent insensibles à ses prières. Assise sous la voûte du temple, et les regards tournés vers la forêt, elle se livre à ses tristes pensées. Depuis qu'une image chérie absorbe toute son âme, la paix en est bannie ; un trouble, semblable au remords, l'assiége incessamment ; que de fois, dans le silence de la nuit, des tableaux lugubres viennent interrompre son pénible sommeil : « O rois du ciel, s'écrie-t-elle alors, quels supplices réservez-vous au crime, si tant de peines dévorent un cœur irréprochable? »

Léonce l'adore autant qu'il en est adoré, et cependant jusque dans les orages de l'amour quelque chose de calme est répandu dans ses traits. Se rappelant alors ce que Léonce lui a dit de son Dieu, de ce Dieu tout clément, ami de la prière, soutien du malheureux, elle sent s'affaiblir en elle l'horreur que Tatius lui inspira pour la religion du Christ; et, sans renoncer à ses croyances, elle tourne un regard d'envie vers celles de son bien-aimé.

Tandis qu'elle était plongée dans ses rêveries, un bruit lointain frappe son oreille; elle tressaille, se lève, mais à travers la galerie du temple nul objet ne se présente encore à ses yeux. Les rayons argentés de la lune pouvaient à peine percer le feuillage, et toute la pâle lumière semblait se concentrer sur les débris d'un vieux chêne mutilé par la foudre; elle attend, respirant à peine : le bruit se porte de ce côté : six druides apparaissent et rentrent aussitôt dans l'ombre. Un homme enchaîné est au milieu d'eux : un voile noir couvre sa figure, signe fatal, signe de mort. « Léonce! Léonce ! s'écrie Théodora, les mains jointes, et tombant à genoux... Dieu de Léonce, aie pitié de nous! » A cette apparition sinistre succède un silence plus sinistre encore; est-ce un rêve trompeur? est-ce une illusion? La prêtresse s'interroge avec effroi; mais elle n'en saurait douter: oui, ce sont des êtres réels qui ont frappé ses regards, qui ont causé sa terreur. D'où vient cependant que pour la première fois une sorte de paix entre dans son âme? A qui doit-elle ce bienfait inattendu? quelle divinité plus sensible a daigné la prendre un moment en pitié? Peu à peu les noirs soucis disparaissent, les sombres images s'évanouissent, et bientôt un sommeil réparateur suspend les souffrances de Théodora.

C'étaient Léonce et ses gardiens farouches que la prêtresse avait aperçus; plus heureux, le guerrier n'a point vu celle qu'il aime. On l'introduit devant Hildéric: sa démarche assurée, son front calme et sans crainte adoucissent le courroux du Gaulois. « Qu'on lui ôte ses fers, dit-il: Tatius, est-ce là ce Romain ? ce chrétien ? »

Le druide laisse éclater un sourire amer.

« Quel motif, dit le prince à Léonce, t'amène dans ces lieux ? parle sans détour : Hildéric méprise et punit le mensonge. — Chef des Gaulois, répond le captif, Dieu connaît le fond de mon âme ; il approuve mes intentions, car elles sont pures ; permets-moi de les taire.

« Tu le vois, Hildéric ! s'écrie Tatius, le traître, l'impie est réduit à se taire ; il atteste un maître dont il sait l'impuissance.

— Barbare, reprend Léonce d'une voix ferme, égorge-moi, mais cesse de blasphémer ! Quant à toi, Hildéric, toi que j'honore, parce que tu es juste et vaillant, si tu doutes de ma parole, garde-moi en ton pouvoir ; bientôt mes compagnons, mon général, si tu les interroges (pourquoi mon père est-il loin de ces lieux ?), t'apprendront que Léonce est incapable du rôle infâme dont on l'accuse. Je te l'avouerai même, sans la sainteté de la cause qui m'a conduit en ces lieux, je serais mort de honte quand mes compagnons d'armes ont bravé des périls qui ne pouvaient m'attein-dre. Tu vois ma franchise ; si elle te déplaît, frappe ! mais j'emporterai ton estime. »

« Un lâche, un parjure, ne saurait tenir ce langage, dit Hildéric en se tournant vers Tatius : ce guerrier vivra ! — Et nos dieux outragés ! reprend le druide. — Ma clémence apaisera leur courroux ! — Léonce, tu es libre, Lutèce est ta prison, tes jours sont en sûreté ; avant le retour de la nuit, je saurai si tu dois revoir le camp romain. Adieu, respecte nos usages, car j'épargne ton culte sans le partager : tous les hommes, et surtout les braves, ne sont-ils pas frères ? »

Emu de reconnaissance et d'admiration, Léonce lève les yeux au ciel, en appelant sa protection sur les jours du héros.

Il allait sortir, lorsqu'un officier d'Hildéric vient annoncer à son maître qu'un vieux Romain demande à lui parler. « Encore un traître ! « s'écrie Tatius. Le guerrier sentait ses forces épuisées : il hésite ; l'officier insiste. « Ce Romain, ajoute-t-il, t'en conjure les larmes aux yeux. — La prière d'un vieillard est sacrée, dit Hildéric en s'efforçant de surmonter ses souffrances, qu'il entre : je l'entendrai.»

Appuyé sur un bâton blanc, se présente le vénérable voyageur ; une longue barbe descend sur sa poitrine ; un lin grossier couvre son corps ; des sandales de cuir enveloppent ses pieds poudreux ; quelques cicatrices sillonnent son large front ; mais dans ses yeux creusés par l'âge, brille un feu de jeunesse, d'espérance et de vertu. A peine a-t-il porté ses regards autour de lui, que ces mots retentissent : « mon père ! — mon fils ! » et Léonce et l'étranger se pressent dans les bras l'un de l'autre. « Grand Dieu! que ton nom soit béni! » dit le vieillard en essuyant les larmes qui mouillent ses paupières. Il se tourne ensuite vers Hildéric : « Chef des Gaulois, tu comprends déjà quel motif me conduit en ces lieux. Je réclame mon fils, mon seul bien sur la terre; le bruit de ta générosité est venu jusque dans le camp romain. Ah! calme mon impatience! rendras-tu mon fils à mes embrassemens? »

« Etranger, ton fils est accusé d'un crime grave. — D'un

crime ! on te trompe, Hildéric... » Le vieillard allait continuer : « Vil chrétien, lui dit Tatius (car ton audace m'annonce que tu appartiens aussi à cette race séditieuse) tremble d'attirer la foudre sur la tête de ce fils, sur la tienne. » Le druide s'arrêta en lançant sur Léonce et sur son père des regards où respirait la haine.

« Le maître que je sers, reprend le vieillard d'une voix calme, en s'adressant à Hildéric, m'ordonne de pardonner à cet insensé la fureur qui l'anime. Je vais parler à ta grande âme un langage digne d'elle : te rappelles-tu cette légion (1) Pauline que commandait le brave Sevérus ? — Jamais, s'écria Hildéric, en appuyant sur sa main droite son corps à demi-soulevé, jamais je ne l'oublierai, car Tanaris punit les ingrats. Je vois encore ce jour de douleur et de honte, où, sur les bords du Rhône, je tombai en son pouvoir, percé de coups. Que de soins il me prodigua ! Je lui dois tout, la vie, plus que la vie, la liberté ! »

(1) Plus tard la légion thébaine et Maurice renouvelèrent ce mémorable exemple.

« Hé bien ! reprit Probus (c'était le nom du vieillard), Sevérus et ses guerriers ne sont plus ; tous ces héros étaient chrétiens ; Néron les a tous égorgés. Tu frémirais au récit de leurs supplices. Ces lions terribles n'opposèrent au fer des bourreaux aucune résistance : ils sont tombés, fidèles à l'empereur qui les immolait.

Ici une larme brilla sur la figure décolorée d'Hildéric.

« Te souvient-il aussi de ce vieux tribun militaire qui t'enleva dans ses bras, qui t'arracha à la mort, qui plus tard guida tes pas chancelans hors des lignes romaines? — L'infortuné! sans doute il a péri. — Regarde, regarde-moi, dit Probus. — Attachant ses yeux sur le Romain comme un homme qui retrouve des souvenirs effacés depuis long-temps : oui, oui, c'est toi, viens dans mes bras, ô mon sauveur! dieux de mes pères, je ne mourrai point sans acquitter une dette sacrée. » Probus se précipite sur la couche d'Hildéric, et le guerrier presse contre sa poitrine avec respect, avec tendresse, la tête du vieillard. Tels deux amis se revoient après une longue séparation;

tel un fils embrasse son père, que long-temps il avait cru ravi à son amour. Léonce, ému, surpris, goûte pleinement tous les charmes d'une telle scène : un seul être manque à son bonheur, mais tout semble le rapprocher de Théodora; il sourit à cette douce espérance. Tatius ne peut contenir son violent dépit, et s'éloigne : puisse la joie de Léonce, de Probus n'être pas de courte durée !

« Généreux étranger, dit Hildéric, je brise les fers de ton fils : vous êtes libres tous les deux ; mais quelle que soit ma puissance, il en est une autre en ces lieux plus redoutable encore : l'orgueil du superbe Tatius est blessé. Chef des druides, il exerce sur l'esprit du peuple et même de mes guerriers, un empire absolu. Qu'une prompte fuite vous dérobe à son ressentiment! Tant qu'Hildéric vivra vous n'avez rien à craindre ; mais bientôt peut-être il ne sera plus temps. Adieu, éloignez-vous. Et toi, jeune chrétien, emporte ton secret : le fils de Probus ne saurait être coupable. — Prince magnanime, s'écrièrent à la fois Léonce et son père, en baignant de larmes ses mains défaillantes, puisse le ciel conserver une si noble vie ! Jamais, non jamais ton souvenir ne s'effacera de nos cœurs ! — Allez, dit Hildéric d'une voix émue, que l'ami des voyageurs, que Teutatès vous accompagne ! »

Les deux Romains s'éloignent du palais : l'allégresse éclate dans les yeux de Probus ; il semble avoir déposé le fardeau des ans. Léonce le suit d'un pas tardif ; une sombre inquiétude est répandue sur son visage : il sourit à son père, mais que cette joie est pénible ! Le vieillard qui s'en aperçoit, interroge son fils, et n'en obtient qu'un douloureux silence. Il insiste, la tendresse paternelle est si lente à se décourager! Il ordonne, il supplie : « O mon père, s'écrie Léonce, en embrassant ses genoux, mon père! ayez pitié de moi. — Léonce, je sais tout. — Quoi, l'amitié a trahi mon secret! » A ces mots, une expression sévère anime la figure du vieillard : « Oui, ton ami, oui, Ausonus m'a tout appris; mais n'outrage pas, jeune imprudent, le zèle pur qui l'animait. Sans lui, sans cet ami fidèle, livré aux plus déchirantes angoisses, j'ignorais ton destin; sans lui peut-être, ton absence eût fait naître dans le camp des soupçons fâcheux : tu dois me comprendre. »

Léonce pâlit, et d'une voix altérée : « Dieu, dont le regard descend dans nos cœurs, sait toute ma pensée...

— Ce témoignage est le plus saint de tous, il satisfait la conscience du juste, mais comme citoyen, il en est un autre que tu dois invoquer : c'est l'approbation de tes semblables. Tous nos devoirs ne sont pas dans le ciel; il en est sur la terre : ici bas aussi nous avons une patrie. »

Après un moment de silence et d'hésitation : « Mon père, reprit Léonce, j'aime une infidèle, il est vrai ; mais je ramènerai au ciel cette âme pûre qui d'avance lui appartient. O mon père, consommez l'œuvre sainte ! Quand cette voix angélique viendra charmer votre oreille, quand vous lirez dans ce cœur, asile de la vertu, vous appellerez sur Théodora la bénédiction de l'Éternel ; peut-être lui donnerez-vous, au pied des saints autels, le doux nom de fille. »

A ces paroles qui r'ouvrent

une blessure profonde, Probus soupire : « O ma chère Valérie! s'écrie-t-il d'une voix douloureuse!... ô ma fille, toi qui n'as fait que passer sur la terre, toi que le ciel n'a montrée qu'un moment à ma tendresse!...—Bannissez un souvenir cruel, ô mon père, dit Léonce; élevé dans les camps, et moins à plaindre que vous, je ne l'ai point connue cette Valérie tant regrettée : mais, j'ose vous le prédire, vous retrouverez sa tendresse dans la vierge de Lutèce.

—Demain, reprit Probus, demain nous quitterons ce pays sauvage : sans ta prière, mon fils, cette nuit même nous reverrions le camp romain. Mais je ne veux point porter le désespoir dans ton âme. » En s'entretenant ainsi, les deux Romains dirigeaient leur marche vers la forêt.

Depuis le moment où Léonce avait revu Théodora, la nuit, pour la deuxième fois, enveloppait la campagne de ses voiles : tout reposait au loin, tout, hors Tatius et la vengeance.

A la voix de leur chef, les druides sont accourus : c'est aux pieds de la statue d'Hésus que se réunit l'homicide assemblée. La pâle clarté des torches, ces informes monceaux de pierres (seule architecture religieuse des Gaulois), les taches sanglantes qui souillent l'autel grossier, tout rend plus hideux encore l'aspect de l'idole (1). « Elle était si difforme qu'elle ressemblait plutôt à un bloc de fer rouillé qu'au dieu de la guerre : on y distinguait cependant sa massue hérissée de pointes, ses gants garnis de têtes de clous, et son

(1) Les soldats romains ne purent se défendre d'un mouvement de terreur, la première fois qu'ils virent les statues de certaines divinités gauloises.

horrible baudrier ou était figurée la mort (1). »

Tel est le temple que Tatius fait retentir des éclats de sa voix menaçante : on dirait le Génie du mal méditant l'infortune des hommes.

Pontife d'autant plus terrible, ennemi d'autant plus implacable, qu'il attache aux pratiques de ce culte une foi sincère, Tatius tient en quelque sorte entre ses mains, la vie (2), la

(1) Bernardin de Saint-Pierre : *Etudes de la Nature; L'Arcadie.*

(2) Tous les druides n'avaient qu'un seul chef.

fortune, la liberté de chaque Gaulois : il parle, et le peuple croit entendre la voix des dieux; il absout, il condamne, et cet arrêt est irrévocable. Habile, non moins que superbe, il a toujours su, d'une main ferme, tenir loin de lui les autres druides : tout fléchit devant son inflexible orgueil.

Voilà l'homme qui a juré la perte de Probus, celle de son fils. Bientôt les druides, enflammés de sa fureur, demandent à

Son autorité était absolue. Voy. Cés. *de bell. Gallico*, lib. VI.

grands cris le sang des deux victimes, scène lugubre où le fanatisme triomphe, où la vertu doit succomber.

L'assemblée allait se dissoudre, quand Sigovèse, initié aux mystères sacrés, se présente à la porte du temple, dont il n'oserait cependant franchir le seuil, sans l'important message qui lui est confié. Cent fois il brava le sort des combats, et il tremblait en traversant la forêt mystérieuse (1).

(1) Les Gaulois craignaient à chaque pas, dans leurs forêts sacrées, que le dieu ne leur apparût.

Arrivé devant Tatius : « Excuse mon audace, dit le guerrier, les dieux seuls m'ont donné la force d'arriver jusqu'à toi; partage la douleur commune, Lutèce est dans les larmes : la grande âme d'Hildéric est allée ranimer le corps d'un de nos anciens héros, peut-être celui de Vercingentorix son ancêtre. »

A ces mots, la menace expire sur toutes les bouches ; au tumulte, aux menaces succède un morne silence. Tatius ne le rompt point encore : immobile, les regards attachés à la voûte du temple, une seule pensée le domine ;

comme étranger à tout ce qui l'environne, il semble écouter une voix secrète et recevoir une révélation d'en-haut. Les druides, Sigovèse sont dans l'attente; enfin, d'une voix altérée, Tatius laisse échapper ces paroles : « Vous l'avez entendue la fatale nouvelle ! Hildéric n'est plus avec nous !.... Peut-être, par cette leçon redoutable, peut-être les dieux, indignés de sa coupable indulgence, veulent-ils réchauffer votre zèle. Hildéric hésitait à frapper : il meurt frappé lui-même. Un grand devoir nous reste à remplir; c'est à nous d'apaiser les mânes de la victime, en faisant ce qu'elle aurait dû faire. Ministres des volontés suprêmes, que les premiers feux du jour éclairent les apprêts du sacrifice expiatoire; et vous, dieux outragés, pardonnez-nous ce retard. »

Il dit, et sort du temple; les druides le suivent; leur course rapide atteint bientôt Lutèce. Pour désarmer la colère des immortels, ils ordonnent un deuil public. Les cœurs se glacent, le peuple ignore son crime, mais il s'empresse d'obéir : tous rentrent dans leurs maisons, muets d'épouvante ; plus de larmes, plus de gémissemens donnés au trépas d'Hildéric, sa perte même semble oubliée, tant la voix d'une autorité consacrée par le temps a d'empire sur des esprits grossiers! tant d'une part, l'imbécille crédulité et de l'autre l'audace ou l'imposture peuvent rapidement, éteindre dans le cœur de l'homme les plus vives, les plus nobles affections!

Mais de même que dans sa prévoyance toute maternelle, la nature place, non loin d'un volcan destructeur, l'eau salutaire d'une fontaine, pour étancher la soif du voyageur ; ainsi près du chef farouche des druides se trouvait un être bienfaisant qui semblait chargé par le ciel, d'essuyer les pleurs des malheureux, de calmer les emportemens de Tatius, et d'effacer les traces de son funeste passage; c'était sa fille, la tendre Larisse. Sous cette image de bonté, le Gaulois révérait un Génie, le chrétien eût adoré un Ange.

Cette vierge aimable chérissait Théodora comme une sœur. L'une, en butte aux coups de la fortune, avait de bonne heure comme épuisé toute son énergie morale ; plus heureuse, l'autre n'avait point encore essayé la sienne. Hormis cette différence, tout entre elles était semblable : même innocence, même douceur, même crainte des dieux. Toutefois ce dernier sentiment maîtrisait davantage l'âme de la jeune Gauloise plus façonnée au joug de son père ; la piété de Théodora, sans être moins affectueuse, était plus éclairée.

Larisse, inquiète sur le sort de son amie, profite de l'absence de Tatius, pour se glisser dans l'asile solitaire, où tant de fois elle essuya des larmes. Elle arrive, et la trouve à genoux, profondément recueillie : le bruit de sa marche ne trouble point la rêverie de la prêtresse, un seul sentiment l'absorbe tout entière.

« Théodora, Théodora, » dit doucement Larisse, en se penchant vers elle. La druidesse tressaille, reconnaît son amie et se jette dans ses bras. « J'étais plus calme, dit-elle avec un sourire mélancolique, j'invoquais celui que Léonce invoque. » Larisse est frappée de l'altération de ses traits ; néanmoins, déguisant sa douleur, elle lui raconte l'arrivée de Probus, l'humanité et la fin d'Hildéric. « Pauvre étrangère, répond la vierge en soupirant, où sera ton appui sur la terre... mais console-toi, tu n'en as plus besoin. » Aucune larme cependant ne s'échappe de ses yeux; puis, un moment après : « Léonce m'a dit que jamais son dieu ne repousse la prière du malheur » ; et elle se tut.

Larisse n'osait communiquer à Théodora ses craintes : comment lui apprendre le cruel acharnement de son père? aura-t-elle le courage de déchirer ce cœur souffrant? Mille pensers divers l'agitaient, lorsque son amie, rompant le silence: « Larisse, dit-elle, je verrai le père de Léonce, je veux obtenir sa bénédiction avant de.... » La druidesse s'arrêta brusquement... Un rayon de joie éclairait son pâle visage; mais cette joie ressemblait au dernier soupir de l'infortuné qu'une maladie violente a tourmenté long-temps, et qui entrevoit enfin le terme de ses maux. « Quoi! répondit Larisse, effrayée d'un projet dont l'exécution lui semblait impossible, tu veux voir ce vieillard? mais savons-nous s'il n'a pas déjà quitté ces lieux? — Il ne les a point quittés, Léonce m'en est garant. Chère amie! si jamais tu m'accordas quelque pitié, ne repousse point ma prière, elle est sacrée. » Théodora prononce ces dernières paroles avec un feu, une énergie qui rassure un moment Larisse. Elle promet donc à son amie de la satisfaire s'il en est temps encore, et s'éloigne pour revenir bientôt lui apprendre le succès de sa recherche.

Fidèle à sa parole, elle rêvait, en marchant, aux moyens de découvrir Probus et son fils.

Interroger son père, serait une imprudence; de plus, où puiser tant d'audace? Tremblante à la voix de Tatius, jamais elle n'osa soutenir le feu de ses regards. Ce nom de chrétien, de Romain, qui toujours alluma le courroux du druide, comment le prononcer devant lui? elle-même ne le prononce qu'avec crainte.

Tandis que ces pensées l'occupaient, Rinegilde, dont les soins élevèrent son enfance, accourt et lui apprend que deux étrangers, dont un Romain, courbé sous le poids des ans, errent dans la forêt. Au nom des immortels qu'ils outragent, elle la conjure d'éviter jusqu'à leurs regards. « Rinegilde, lui dit la fille de Tatius, suis-moi ; je veux, je dois leur parler. » La tendre nourrice frémit : vainement elle la supplie de renoncer à ce projet, vainement elle cherche à l'effrayer. « Il suffit, dit Larisse ; adieu ! j'irai seule ! » La vieille Gauloise ne peut soutenir cette menace ; elle se recommande aux dieux et suit sa maîtresse sans proférer une parole. Bientôt elles découvrent les étrangers. Rinegilde tressaille : « Les voilà, dit-elle, les voilà ! » Et cachant son visage entre ses mains, elle ne s'aperçoit pas que Larisse est déjà loin d'elle. A l'aspect de ce vieillard appuyé sur le bras de Léonce, et sans autre défenseur qu'un fils, Larisse éprouve une émotion imprévue. Elle s'avance d'un pas rapide; elle est devant eux. « En croirai-je mes yeux, s'écrie Léonce! Vous! fille de Tatius, près de nous! O mon père! vous voyez l'amie, la tendre amie de Théodora!

— Fille du chef des druides, dit le vieillard d'une voix douce et grave, que l'Eternel répande sur vous toutes ses faveurs! qu'il pardonne à votre père la haine dont il nous poursuit! — Seigneur, répondit Larisse étonnée, attendrie d'un langage si nouveau, je viens, au nom d'une infortunée, vous demander une grâce. — Une grâce! — Oui! Théodora désire voir un moment le père de Léonce; elle implore sa bénédiction. »

Les yeux de Léonce se remplissent de larmes. « O mon père! dit-il, en se jetant à ses genoux, refuserez-vous de l'entendre? — Non, qu'elle vienne. Je te l'ai promis, Léonce, et jamais je ne promis en vain. Mais songe à quelle épreuve terrible tu soumets ton courage! interroge tes forces! peux-tu revoir celle que tu aimes, et la quitter aussitôt? —Cette lutte déchirante, je saurai la soutenir. Etendez vos mains paternelles sur le front de Théodora ; donnez-lui le baiser de paix, et que la volonté du ciel s'accomplisse. — Demain, reprit Larisse, dès que les ténèbres auront fui devant Bélénus, j'amènerai Théodora dans ces lieux, à cette même place, sous ces rameaux touffus. » Puis elle

(1) Bélénus était le soleil, le Phébus du Gaulois.

ajoute : « Seigneur, vous êtes au milieu de vos ennemis, je tremble que vous ne tombiez entre leurs mains. — Calmez vos alarmes, vierge aimable, répond le vieillard avec un sourire plein de gratitude, Dieu n'abandonne pas ses fidèles serviteurs. »

Le respect impose silence à Léonce : il n'ose devant son père, confier à Larisse quelques paroles d'amour et de consolation pour Théodora; mais ses regards ont tout dit, tout exprimé! Bientôt l'agile messagère a disparu, suivie de Rinegilde, à qui la crainte semble avoir rendu toutes les forces de sa jeunesse.

Léonce, qui connaît les profondeurs de la forêt, guide les pas de son père vers une grotte dont un rempart de verdure semble défendre l'entrée. Des siéges de mousse y sont comme préparés d'avance, la clématite aux branches grimpantes, au parfum suave et amandé, embaume cet asile solitaire; un réseau de lierre en tapisse la voûte, quelques guirlandes de rubus la décorent, et dans ces jeux de la nature, on retrouve une harmonie, une sorte d'intention bienfaisante que l'homme pieux et sensible contemple avec un attendrissement toujours nouveau. « Voilà donc l'asile que nous offre la Providence, dit Probus; rendons grâces à sa bonté. » Tous deux s'assirent; l'air était calme; la voûte céleste, étincelante de ses feux mobiles, déployait toute sa magnificence; de temps à autre, un jet de lumière sillonnait l'espace et venait se perdre dans la feuillée; quelques oiseaux paisibles s'appelant par intervalles, se répondant de même, interrompaient seuls l'éloquent silence de cette pompe nocturne.

La tête appuyée entre ses mains, immobile, et comme assoupi dans ses réflexions, Léonce était loin de songer aux merveilles qui l'environnaient; de fréquens soupirs décelaient l'agitation de son âme. « Mon fils, dit Probus, en frappant doucement sur l'épaule du guerrier, au lieu d'affaiblir ton courage par des combats intérieurs dont tu ne peux sortir avec gloire, affermis-le par la contemplation de la toute-puissance divine. Élève-toi vers l'Auteur de toutes choses, et tu te sentiras fort contre la douleur. — Mon père, je saurai souffrir, mais les souffrances de Théodora!... Ah! tout mon cœur se brise. — Léonce, puisses-tu ne subir jamais la moitié des épreuves qui ont attaqué ma constance! Dans ces violentes commotions, quel a été mon refuge? Une entière soumission aux volontés du ciel, et le rigide accomplissement de mes devoirs sur la terre. Long-temps, je l'avoue, le tumulte des passions m'agita; car Jupiter, et son Olympe flétri des vices de l'homme, reçurent long-temps mon hommage. Enfin mes yeux s'ouvrirent à la lumière, à la vérité! Mais je tolère, je respecte, s'ils sont vertueux, ceux qui ne jouissent point encore du même bonheur; je les plains, sans mépris, sans ostentation, et comme des frères dont je souhaite sincèrement la félicité. Eh! que doit être en effet la religion pour l'homme? un lien d'amour et de vertu sur la terre, une relation entre la créature et le créateur. Vainement je cherchais ce caractère divin, dans le culte de mes pères : entraves pour l'intelligence, isolement, égoïsme, tels sont les seuls biens qu'il m'offrait. Mécontent du résultat de mes recherches, et tourmenté d'une inquiétude secrète, je parcourus le monde, et fus trompé dans mon attente. L'Égypte me montra un peuple divisé en deux classes : dans l'une, des prêtres instruits, mais trompeurs et despotes ; dans l'autre, une multitude grossière, adorant les légumes qu'elle dévore, et les animaux dont elle se nourrit. Indigné, je me dirige vers la Grèce; c'est pour y retrouver les préjugés de Rome, la corruption de son sacerdoce, l'audace salariée de ses oracles. Antique berceau des sciences et de la civilisation, l'Inde semblait me promettre un meilleur état de choses : j'arrive, rien de nouveau : ignorances, ténèbres, servitude de la pensée. Là, comme ailleurs, l'homme soumis aux plus viles coutumes, aux lois les plus tyranniques, est à la fois victime et de la crainte, et de l'erreur, et de ses dieux, et de ses vices, partout des imposteurs titrés, partout les droits de la nature humaine impudemment violés. Découragé, je retourne dans ma patrie, dans cette Rome peuplée d'esclaves, et veuve de citoyens. Le contraste de sa grandeur passée, avec son abjection présente, toutes les vertus éteintes dans des cœurs flétris; un sénat de courtisans, une armée d'oppresseurs, un peuple d'histrions affamés, voilà tout ce qui restait des maîtres du monde, voilà le désespérant tableau qui attrista mes regards. D'où sont venus cette licence, ce désordre, cette dégradation? d'où, mon cher fils? de la perte des mœurs antiques. Comment les recouvrer? car ces mœurs chastes et pures, fondées sur la pauvreté, étaient incompatibles avec une civilisation avancée, et surtout avec ces conquêtes qui ont souillé Rome des dépouilles du monde.... nouvel obstacle, nouveau sujet de peine. Heureusement je touchais au terme de mon incertitude. Dans ce petit nombre de Romains, dignes enfans de la vieille patrie, Fabricius (vertueux ami, je ne puis prononcer ton nom sans attendrissement), initié récemment aux mystères des chrétiens, eut pitié de mes angoisses et me crut digne de l'entendre. O prodige! ô merveille! quelques entretiens changent tout mon être. Les mots sacrés de liberté sur la terre, d'égalité devant le père commun des hommes, retentissent à mon oreille! L'amour de ses semblables (1), plus puissant que l'amour de soi-même, le mépris des richesses, l'oubli des injures (2), toutes ces révélations d'une mo-

(1) « J'ai défendu le pauvre contre l'op-« pression du puissant; j'ai protégé l'orphelin « qui n'avait point de support, et la veuve « m'a donné mille bénédictions. »

(*Job.*, 29, 12.)

(2) Ne dites point : « Je me vengerai de « mes ennemis; mais attendez que le Seigneur « vienne à votre aide. » (*Deut.*, 32, 35.)

rale sublime, fondement de la nouvelle religion, attestent sa divine origine. Les dieux jaloux, vindicatifs, esclaves aveugles d'un aveugle destin, sont renversés; leurs vains autels s'écroulent, et de leurs débris s'élance, jeune de gloire et d'immortalité, un dieu dont la bonté immense remplit l'univers, allume les astres, et nourrit l'humble insecte; un dieu, source de miséricorde et d'espérances. O mon cher fils! quel changement pour ton père! O bonté divine, quel changement pour mon fils! »

A ces mots, un enthousiasme

surnaturel s'était emparé du vieillard : debout, les mains levées au ciel, il semblait un Apôtre recevant les inspirations de son maître. Léonce qui, depuis un moment, oubliait sa douleur, crut même voir un cercle radieux entourer tout à coup la tête de son père.

Après quelques instans de silence, Probus continua en ces termes : « La grande question pour moi fut dès lors résolue, et je compris la destinée de l'homme. Habitant passager de cette vallée de larmes, c'est ici bas qu'il apprend à mériter une condition meilleure ; un triomphe sans fin couronnera cet athlète d'un moment. Heureux les sages des temps anciens, s'ils eussent vécu quelques siècles plus tard ! Heureux Numa, heureux Pythagore, Socrate et Platon, s'ils avaient assisté à cette grande régénération ! Mais que dis-je ! ne goûtent-ils point déjà le suprême, l'immuable bonheur ? Ames pures ! âmes toutes célestes ! ne reposez-vous pas au sein de notre commun père ? Ah ! sans doute, il vous aura ouvert ses bras miséricordieux ! Amis des hommes, applaudissez aux douces conquêtes de la raison, de la vertu; elles étaient le but de vos efforts souvent calomniés, presque toujours méconnus. Enfin la Providence a fait ce que la sagesse humaine toute seule ne pouvait faire!

« Tels sont, mon fils, les élémens de ma conviction profonde; telle fut la source de ma constance sous le fer qui me déchirait. J'aime à rappeler ces jours d'utiles souffrances! Crois-tu que la volonté de l'homme, quelque opiniâtre qu'elle puisse être, lutterait long-temps contre le feu, contre le glaive, contre toutes ces hideuses inventions, sans le secours d'une force plus qu'humaine, d'une énergie venue d'en haut? C'est dans le Forum, théâtre autrefois, aujourd'hui tombeau du patriotisme et de la liberté, que j'étonnai Néron, qu'un débile vieillard fatigua l'ingénieuse barbarie des bourreaux, et qu'un Romain effraya encore un tyran. Dans ce combat de la nature physique et de la nature morale, je reconnus ma noble origine : oui, tandis que ces membres tout sanglans frissonnaient sous des mains cruelles, mon âme tranquille et pure saluait son Créateur.

« Comment ne bénirais-je pas l'invisible main qui m'accorda ces jours d'épreuves? Le bandeau de l'erreur, tombant alors aussi de tes yeux, te permit d'entrevoir un monde plus vaste, un nouvel univers: tu es chrétien, mon fils, songe aux devoirs que cet état t'impose! citoyen de la terre, mérite de devenir un jour citoyen des cieux. Quels que soient les décrets de l'Eternel, sache te résigner; quelle que puisse être l'injustice des hommes, ne vois en eux que des frères égarés, mais toujours des frères.

« Une sainte obligation m'appelle vers les rives du Tibre : Lactance, fils de Fabricius, a vu ses biens confisqués au profit de l'Empereur. Sans ressources, sans asile, il se débat avec courage contre les horreurs de la misère : à peine lui reste-t-il encore un pain noir à partager avec les pauvres. Cette nouvelle me fut transmise à Lugdunum, dont le séjour m'est à la fois si cher et si pénible !

« Toutefois, ma douleur fut tempérée par la certitude de ton prochain retour sous les murs de Lutèce. Sans hésiter, j'entreprends ce long voyage : voulant t'embrasser avant de revoir le fils de mon ami, j'arrive au camp, te demande en vain, interroge Ausonus, et vole en ces lieux; mais je ne rencontrai déjà que trop d'obstacles, et demain je poursuivrai ma route vers la ville des Césars. »

Après avoir prononcé ces paroles, Probus invoqua celui qui envoie le repos au juste, comme le trouble au méchant, et s'endormit bientôt, étendu sur la couche odorante.

Que cette nuit sembla longue à Léonce ! dès que la voix de son père ne retentit plus à son oreille, mille pensées funèbres l'agitèrent : tantôt, se promenant à grands pas hors de la grotte, il interroge sa conscience : elle est pure et sans reproche ; tantôt immobile, attendri, il croit voir celle qu'il adore, et à cette vue, tout son cœur se brise. O désordre inexplicable ! O maladies de l'âme, que vous êtes terribles ! Une fièvre ardente dévore le guerrier ; en proie au désespoir, il va maudire la vie, mais un soupir paisible de Probus l'arrête..... « Malheureux, s'écrie-t-il, en tournant ses regards vers le vieux martyr, ai-je le droit de me plaindre ? »

Enfin les ombres de la nuit commencent à blanchir ; et Léonce et son père dirigent leurs pas vers le lieu convenu. Ivre de joie, oubliant toutes ses angoisses, oubliant les dangers qui menacent tout ce qu'il aime, le jeune Romain porte autour de lui des regards avides : l'impatience et l'amour se peignent dans ses traits : « Modère ces transports, ô mon fils, lui dit Probus, et ne sois plus esclave de toi-même ; rappelle-toi que souvent nos désirs sont trompés, et trompés sans retour au moment même où le succès paraît certain ; et moi aussi j'ai perdu un bien qui me promettait le bonheur.... »

Cependant l'horizon s'obscurcit ; le flambeau du jour, à peine allumé, pâlit et va s'éteindre ; des torrens suspendus à la voûte des cieux enveloppent la terre ; la foudre roule et mugit : « O maître du monde, s'écrie Léonce, épargne dans ces jeux de ta colère une vierge innocente qui t'apporte son cœur ! »

Probus, partageant l'inquiétude de son fils, unit ses vœux aux siens, en faveur de cette infortunée qui déjà lui inspire il ne sait quelle sorte de tendre intérêt.

« La voici, la voici, » s'écrie Léonce, et les deux jeunes amies paraissent; mais plus elles s'avancent, plus aussi Théodora hésite; ses timides regards semblent appeler quelque encouragement.

Probus vient à elle avec bonté : « Vous, dont la généreuse compassion déroba mon fils à la mort, rassurez-vous. » Il ne peut continuer..... « Souvenir cruel, ô ma fille ! ô trop chérie Valérie... ; » et quelques mots confus s'échappent de sa bouche, à travers des sanglots. « Père de Léonce, dit la druidesse en tombant à ses genoux, vous pleurez votre fille...., et moi, triste orpheline, je n'ai pas vu ceux que je devrais pleurer !.... Sans Léonce, sans Larisse, qui m'aimerait? Jamais les tendres soins d'un père, jamais les caresses maternelles n'ont réjoui mon enfance... O champs de l'Italie! — Quels accens, dit le vieillard en se rapprochant de la vierge attendrie. Cependant

Léonce, heureux et fier de l'émotion que son père éprouve, regarde Larisse avec un doux sourire. « Ma fille, continue Probus (permettez-moi de vous donner ce nom, il soulagera un moment ma blessure), ma chère fille, dans quelle contrée de l'Italie reçûtes-vous le jour ? répondez... — Non loin des lieux où s'élève l'antique Capoue. — Et vos parens habitaient cette cité ? — Je comptais à peine trois printemps, quand mon père, appelé par ses devoirs à Lugdunum, emmena ma mère dans les Gaules... — Ciel, s'écrie Probus, achevez, achevez... » Étonnée de cette véhémence, Théodora continue ainsi : « A la suite d'une déroute affreuse, où le sang de trois légions avait rougi les flots du Rhône, les Gaulois entrèrent dans Lugdunum.... tout périt sous le glaive... Ces détails vagues et confus, je les dois au généreux Hildéric, et lui-même les avait appris d'un esclave qui périt en défendant... Mais quel effroi agite vos traits? seigneur, vous pâlissez... — Et votre mère? — Hildéric ne put jamais lever le voile étendu sur ma famille : toutefois si je rassemble quelques mots recueillis au hasard, ma mère aurait péri dans cette fatale journée... — O lumière terrible.... ô crime.... » et le vieillard tombe sans connaissance. Effrayés, Léonce, Théodora, Larisse s'efforcent de le rappeler à la vie... « Ma bien-aimée, dit Larisse, unis tes caresses aux miennes... mon père, mon père, entendez-nous, au nom de notre amour! — O crime! répète le vieillard en ouvrant les yeux: Séparez-vous, séparez-vous! malheureux, c'est ta sœur! »

La foudre est moins terrible que ces paroles, Léonce, Théodora, debout, immobiles, semblent anéantis. « Ma sœur ! s'écrie Léonce d'une voix lamentable, elle, Théodora ! où fuir ? ô terre, entr'ouvre-toi. — Mon Dieu, dit Probus en élevant vers le ciel un regard douloureux, quelle épreuve !... je l'accepte en frémissant ! que ton nom soit béni ! Léonce, et toi, infortunée que je n'ose encore appeler ma fille, reconnaissez, adorez la main toute-puissante qui gouverne le monde. Pourquoi m'a-t-elle donné la force de supporter les tortures des bourreaux ? pourquoi à travers mille dangers, a-t-elle guidé en ces lieux ma débile vieillesse? Pour vous arrêter tous les deux au bord du précipice, pour rendre ma fille à ma tendresse, et l'arracher aux ténèbres de l'idolâtrie! Mes enfans, les momens sont précieux, Tatius les a comptés, mettons-les à profit. J'ai vu près de ces lieux une source solitaire: c'est là qu'il faut nous rendre; l'onde sacrée du baptême effacera, ma fille, ton crime involontaire.»

La triste famille se met en marche; l'orage avait disparu; l'air était calme, le ciel pur.

Léonce le premier, s'avance, la tête baissée, le regard fixe : dans son cœur la religion, la nature et l'amour sont aux prises. Derrière lui, son vieux père, conduit avec effort l'innocente victime, fardeau précieux que Larisse l'aide à soutenir.

Ils arrivent tout près de la grotte hospitalière. Sous un massif de hêtres coule et murmure un limpide ruisseau dont la source ignorée se cache sous l'émail des fleurs. C'est là, devant cet autel champêtre, que Probus va donner à sa fille une nouvelle vie. O religion sublime!

ton ministre est un vieillard, tes victimes le repentir, tes offrandes un cœur droit, ton temple la nature!

Après quelques instans de silence, la druidesse s'incline aux pieds de son père; on dirait que le flambeau de la vie, naguère prêt à s'éteindre en elle, se rallume à la voix du ciel. Léonce, près de Valérie, dans la même attitude, implore le même pardon, et la fille de Tatius étonnée, attendrie, laisse éclater dans ses traits l'expression d'un contentement intérieur dont elle-même ne démêle pas bien la cause... Déjà le dieu de Léonce lui inspire moins d'effroi. Cependant elle n'ose délier le rameau de chêne qui ceint le front de son amie ; ce feuillage est toujours sacré pour elle, et ses regards l'accompagnent avec regret, quand détaché par Probus, il tombe, et fuit avec le ruisseau qui l'emporte.

L'auguste cérémonie venait de s'accomplir, et Probus, tout entier aux émotions de la nature, contemplait sa fille avec ravissement : tout à coup un grand bruit se fait entendre : « Les voilà, les voilà, » s'écrie une voix terrible, et Tatius paraît, escorté de ses druides. Son courroux se change en rage quand il reconnaît sa fille et Théodora. Larisse tremblante garde le silence. « Misérables, s'écrie-t-il, en se tournant vers les deux Romains, vils corrupteurs, jusques à quand outragerez-vous les dieux? tremblez, le supplice vous attend, la flamme est allumée. —Rends-moi ma fille, lui dit Probus d'une voix sévère, rends une Romaine à sa patrie, à son frère, et je marche à la mort. — Ta fille! répond Tatius avec un sourire amer. Qu'on les entraîne. » Vainement Léonce cherche son glaive, vainement le robuste guerrier, armé de sa seule force, a terrassé trois druides; il succombe sous le nombre; on l'enchaîne. Chargé aussi de fers, le saint vieillard tâche de calmer son fils; aux injures, aux menaces, il oppose la patience; mais le péril de ses enfans le trouble; mais cette Valérie tant regrettée, il voudrait une fois encore la serrer entre ses bras, la presser sur son cœur. Tatius est inflexible, d'un œil sec il la voit à ses pieds, il repousse ses prières, il dédaigne ce cri sacré,

« c'est mon père, que je meure avec lui ! — Qu'on la ramène au temple, dit-il, demain je prononcerai sur son sort. Et toi, fille rebelle, suis mes pas. »

Les deux chrétiens sont entraînés par les druides. Pendant cette lamentable scène, le peuple de Lutèce excité par ses prêtres, demandait à grands cris la mort de Probus et celle de son fils. « N'est-ce pas leur trahison qui a facilité l'attaque des Romains, qui a donné la mort au vaillant Hildéric ? Hœsus veut du sang ; et quel sang plus agréable aux divinités de la Gaule que celui des Romains? il est temps de rétablir ces anciennes et saintes coutumes. C'est un Romain, c'est le sacrilége César qui jadis priva les autels de ces pieux sacrifices, et depuis le courroux céleste pèse sur la patrie.

« Ah! rendons aux autels leur antique splendeur. Respect aux dieux! gloire à Tatius! mort aux Romains! mort aux chrétiens! Ils voulaient ébranler la foi de nos prêtresses! le crime est avéré; mille témoignages l'attestent. »

Telles sont les menaces de l'aveugle multitude : la fureur étincelle dans tous les yeux;

on s'anime, on s'excite. Insensés!..... avez-vous à punir le meurtrier d'un père?

De même que les fougueux enfans du Nord soulevèrent la mer dans ses profonds abîmes, ainsi Tatius entraîne, d'un seul mot, ces hommes crédules, et les embrase de son fanatisme.

Tout est prêt pour sa vengeance. Un Barde, entonnant l'hymne du trépas, annonce, par ses ordres, les funérailles d'Hildéric, fête homicide que semblent éclairer à regret les derniers rayons du soleil, et dans laquelle la hache sacrée frappera les deux impies sur le bûcher royal.

Déjà le son des harpes annonce le moment fatal : une troupe de Bardes vêtus de noir, les cheveux souillés de cendre, leur longue barbe en désordre, s'avancent, et les harpes voilées redisent des accens lugubres. Après eux marchent les guerriers : leur front est sombre, leurs regards abattus, leurs piques renversées. Au milieu de leurs bataillons, sur un large bouclier, sont étendues les froides dépouilles d'Hildéric ; son glaive brille à ses côtés : comme au jour du combat, le héros est encore avec ses braves; sa tête repose sur une aigle romaine, trophée funeste qui lui coûta la vie! derrière lui marche son coursier fidèle ; à la triste allure de ce noble compagnon, on dirait qu'il comprend sa perte, et qu'il sent que pour lui il n'y aura plus de batailles.

A la suite du monarque, Tatius, ses druides, les druidesses, les Eubages forment des rangs à part, et loin d'eux se presse la foule ; on voit qu'il lui manque encore un spectacle.

Bientôt un murmure confus annonce les victimes.

Probus et son fils paraissent : leur font est calme, leur démarche assurée ; un feu pur brille dans leurs regards. Arrivés devant ce qui reste d'Hildéric, tous deux s'inclinent : mais la seule reconnaissance arrache cet hommage : « Guerrier généreux, dit Probus, nous te saluons ; notre mort n'est point ton ouvrage. »

Ils sont déjà près du bûcher (1).

(1) Chez les anciens Gaulois, quand le sacrifice d'une victime humaine devait avoir lieu, le choix des druides tombait d'abord sur des criminels, et, à défaut de criminels, sur des innocens. On variait ces supplices (car je n'ose dire ces offrandes) : tantôt on

A cet aspect, Léonce regarde son père, et frémit : Probus lui

---

mettait le feu à d'énormes statues d'osier remplies d'hommes ; tantôt ces malheureux étaient percés à coups de flèches ou mis en croix. D'autres fois on attachait à un pieu une grande machine de foin où l'on entassait des hommes et des animaux de toute espèce, que bientôt la flamme dévorait.

Quand des Gaulois d'un rang élevé étaient dangereusement malades, de pareilles scènes se renouvelaient, ces barbares étant persuadés que la vie d'un homme peut seule racheter celle d'un autre homme. (César, *Comment.*, livre VI. Plutarq. *de Superstit.*) Claude s'efforça d'abolir ces horribles coutumes. (Aurel. Vict. *Cés.* chap. 4.)

Au reste, ce ne fut point là le crime de nos seuls aïeux; et dans les jours de calamités, on vit long-temps la Toscane, Rome, la Si-

montre le ciel; et tous deux s'embrassent étroitement. O pouvoir du courage et de la vertu! cette foule, naguère furieuse, s'apaise; Tatius seul semble menacer de sa colère une indiscrète pitié : « Dieux de la patrie, dieux terribles, dont je représente ici la toute-puissance, soyez satisfaits; » il dit, et armé du fer, il s'avance... Soudain l'air retentit de cris perçans; une femme échevelée, les yeux hagards, les vêtemens en désordre, couverte de

---

cile, Lacédémone, Athènes et toute la Grèce, recourir à ces atroces pratiques.

poussière, accourt, suivie d'une jeune fille : « Valérie! s'écrie Probus. — Valérie! » répète Léonce. La foule a reconnu la prêtresse et lui ouvre ses rangs avec respect : Tatius lui-même, Tatius, vaincu par une force invisible, est condamné au silence. Déjà la vierge est dans les bras de Probus..... « Barbare, s'écrie-t-elle, épargne mon père, épargne mon frère! » et la force l'abandonne.

L'étonnement s'empare de tous les esprits; on se regarde avec attendrissement; une douce compassion amollit les cœurs. « Ma fille, dit le vieillard, pourquoi viens-tu ébranler ma constance?...... Dieu puissant, soutiens-moi.—Léonce, dit Valérie d'une voix tremblante, tourne tes yeux vers ta sœur; le temps de mon délire est passé: bientôt moi-même je ne serai plus; viens, approche-toi...... mon père, bénissez vos enfans! ah! mes remords ont effacé mon crime, et ma main a vengé la nature. » Sa voix semble s'éteindre. —« Qu'as-tu fait, ô ma fille!—J'expire entre vos bras!... Un breuvage dès long-temps préparé... Oui, la mort s'approche, je la sens, mon père, la voici, ô mon Dieu, ô Léonce......» elle n'est plus.

A cette vue, Léonce, les cheveux hérissés, l'œil en feu, s'élance, rompt ses liens, et saisit la hache destinée au sacrifice: Déjà le fer est levé sur la tête de Tatius : « Arrête, arrête, mon fils, s'écrie Probus, épargne ce barbare. »

Le peuple, qui accourait déjà au secours du druide, s'arrête : plus de courroux ; tous admirent le vieillard magnanime ; Tatius est ébranlé : cette grandeur d'âme, dont il ne serait pas capable, ne l'attendrit point, mais elle le frappe, elle le subjugue; il y croit comme à quelque chose de nouveau pour lui.

Cependant mille clameurs retentissent dans les airs : « Grâce, grâce aux deux chrétiens, s'écrie-t-on de toutes parts ; le père a sauvé Tatius, que Tatius les sauve tous les deux. « Pour la première fois le fier druide hésite; Larisse, qui tenait embrassé le corps de son amie, comme pour le ranimer par ses caresses, s'élance aux pieds de son père et les arrose de larmes.... il fléchit enfin : « Tu l'emportes, vieillard, dit-il; éloigne-toi, emmène ton fils, disparaissez l'un et l'autre. Je me rappelle un serment........ les dieux me pardonneront-ils de l'enfreindre ? —Oui, oui, réplique Probus : il promettait du sang. »

On raconte que, long-temps après, des voyageurs, égarés dans l'immense forêt qui environne Lutèce, s'arrêtèrent aux bords d'une fontaine dont l'eau pure étancha leur soif. Près de là, s'élevait un tertre de gazon surmonté d'une croix à demi-renversée, mais dont le temps avait respecté le bois rustique. Étonnés de rencontrer en cet endroit solitaire ce signe mystérieux et révéré, ils interrogèrent un vieillard qui, assis à l'entrée d'une grotte voisine, semblait méditer profondément : « Une vierge repose là, répondit-il en poussant un profond soupir; ce fut ma sœur, oui, ma sœur. Baptisée par mon père, à cette source limpide dont vous entendez le murmure, Dieu l'appela à lui le même jour, et nos mains pieuses l'ont déposée ici, sous la garde de la Providence. Depuis, mon père a cessé de vivre, en prodiguant tous ses soins aux habitans de Lugdunum ses frères, que dévorait un fléau contagieux. Et moi, trop vieux pour servir encore ma patrie terrestre, je suis venu mourir en cette contrée, où l'on ne voit plus de druides : aujourd'hui, Lutèce n'offre au ciel que les fruits de la terre et les prémices des moissons. Adieu; si vous avez besoin de repos, voici ma retraite; appelez-moi, s'il vous faut un guide. » Il dit, et s'éloigna.

www.ingramcontent.com/pod-product-compliance
Ingram Content Group UK Ltd.
Pitfield, Milton Keynes, MK11 3LW, UK
UKHW021105290826
44628UKWH00014B/766

9 782014 045864